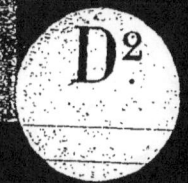

PROPHÉTIE

MERVIELLEUSE,

CONNUE

DEPUIS LONG-TEMS

DANS

TOUTE LA PRUSSE.

PROPHÉTIE

MERVEILLEUSE,

CONNUE

DEPUIS LONG-TEMS

DANS TOUTE LA PRUSSE.

Elle a-été trouvée par les Luthériens, vers l'an 1545, dans le tombeau
d'un Religieux, près de 300 ans après sa mort.

ET LES LUTHÉRIENS EUX-MÊMES LUI ONT DONNÉ VOGUE
EN LA FAISANT IMPRIMER.

Elle a été traduite de latin en françois avec notes
sur chaque Article,

Par NICOLAS LE ROI, Prêtre, ancien Curé,
demeurant a Marville,
L'an 1818.

A SEDAN,
De l'Imprimerie de C. MORIN,

COPIE *de la lettre que m'écrivit l'an 1812 Monseigneur le Cardinal Galeffi, au sujet de mon Ouvrage sur les Prophéties.*

MONSIEUR,

J'AI lu avec bien du plaisir et de la satisfaction vos manuscrits, concernant les Prophéties de l'écriture sainte. En vérité, M., j'ai été étonné de la singularité de votre Ouvrage, sans m'être pourtant indisposé contre lui. A présent j'ai remis le tout entre les mains de mes autres amis, qui certainement admireront, ainsi que moi, vos talens, vos études, sur tout ce qui concerne les Livres saints. Quand vos écrits me seront remis, je me ferai un devoir de vous les renvoyer, avec quelques réflexions, qu'ils auront cru devoir faire ; il ne faut pourtant pas que vous attendiez de nous un jugement sur votre grand Ouvrage. Il me semble vous l'avoir déclaré de vive voix, le jour que vous me fîtes la grace de venir chez moi. Vous savez bien que c'est au Souverain Pontife de prononcer dans ces affaires. Pour moi, qui suis au-dessous de vous, il me paroît que vos réflexions, vos raisonnemens portent toujours sur l'interprétation de la Sainte Ecriture, qui est le résultat de vos longues études, et de vos profondes méditations, les conséquences, à la vérité un peu extraordinaires, et jusqu'alors tout à fait inconnues, seront peut être justes, mais ce seroit trop hasarder, que de donner un sentiment positif sur une affaire d'autant d'importance, et qui exige des talens que je n'ai pas ; vu sur tout que, par ma position actuelle, je suis dépourvu de tous les secours nécessaires pour correspondre en quelque manière à vos desirs. Si les affaires de l'Eglise s'arrangent, il vous sera très-aisé de vous adresser à N. St. PÈRE le PAPE, qui après un mûr examen de votre Ouvrage, vous donnera une réponse positive et satisfaisante.

En attendant, je vous répete, M., bien sincèrement mes complimens, pour la bonté que vous avez eu pour moi, et pour l'honorable confiance que vous avez eu en mes petites lumières. Je vous assure que ce n'est pas tant pour cela, que pour l'estime que je fais de votre zèle et de vos vertus, que je m'empresse de vous témoigner la parfaite considération avec laquelle je suis de tout mon cœur. Signé le CARDINAL GALEFFI.

A Charleville, 29 Janvier 1812.

A 2

PRÉFACE.

LA Prophétie que je présente ici, est une pièce antique que je puis dire très-curieuse et même en tout point merveilleuse; elle est merveilleuse par sa clarté, tandis que toute autre Prophétie semble avoir l'obscurité pour caractère essentiel; elle est merveilleuse aussi pour sa véracité bien éprouvée; vu que depuis plus de 600 ans qu'elle est faite, une suite d'évènemens multipliés, concernant les électeurs de Brandebourg, se trouvent, en consultant l'histoire de ce pays, exactement accomplis. Cette véracité exacte et constante prouve aux yeux des hommes sensés, qu'elle est vraiment divine; car quel autre que Dieu même, eut pu voir certainement, et prédire en détail et avec ordre tant d'actions humaines, cachées dans un avenir aussi profond? Elle est merveilleuse enfin par l'importance des événemens qu'elle annonce pour la suite, et par lesquels cette Prophétie finit; car il paroît en cet endroit qu'elle regarde tous les Chrétiens en général, et qu'ils sont tous infiniment interressés à la connoître; quoique tout ce qui précède semble ne regarder que les Prussiens. De l'exactitude avec laquelle elle s'est accomplie à l'égard des électeurs de Brandebourg, depuis son origine jusqu'à présent, nous devons conclure, comme j'ai dit, que cette Prophétie est divine, et qu'ainsi nous devons la croire dans le reste important, qui demeure encore à s'accomplir. C'est pourquoi, il faut avant tout se bien pénétrer de cette vérité que Dieu n'a voulu prédire avec exactitude les actions, souvent minutieuses des électeurs de Brandebourg, que pour convaincre tous les Chrétiens, que c'est lui-même qui parle en cette Prophétie, afin de les disposer à attendre, comme très-vrais, les der-

niers événemens, par où la Prophétie se termine,
et qu'il nous importe beaucoup de connoître avant
leur accomplissement. Mais, dira-t-on, le merveil-
leux qui semble exister dans l'accomplissement
qu'a eu jusqu'ici cette Prophétie, disparoît en
supposant, ce qui est possible, qu'elle a été faite
après coup par quelque imposteur. Je réponds
à cela que cette supposition ne peut se faire, vu
que l'antiquité de cette Prophétie est notoire,
étant attestée par toute la nation Prussienne, qui
l'a reçue ainsi de ses Pères. Moi-même, étant en
Prusse l'an 1794, je l'ai trouvée imprimée chez
plusieurs particuliers, qui me dirent l'avoir reçue
ainsi de leurs Pères, et qui paroissoient y mettre
beaucoup de confiance; au reste un imposteur
qui l'auroit faite en ce tems-là, n'auroit pu prédire les évènemens qui se sont passés depuis,
et qui cependant font une notable partie de la Prophétie.

PROPHETIA.

ART. 1.er

Nùnc tibi cum curâ,
Lehnin, cano fata futura;
Quæ mihi monstravit,
Dominus, qui cuncta creavit;
Nàm licèt insigni,
Sicùt sol, splendeas igni;
Et vitam totam,
Nùnc degas summè devotam;
Ac habeas ritè,
Tranquillæ commoda vitæ;
Tempus erit tandem,
Quo te non cernes eamdem;
Immò vix ullam,
Vel, si benè dixero, nullam;
Quæ te fundavit,
Gens hæc te semper amavit;
Hâc pereunte, peris,
Nec mater amabilis eris;
Et tunc, absque morâ,
Veniet tibi flebilis hora;
Cùm stirps Ottonis,
Princeps nostræ regionis,
Occumbet fato,
Nullo superstite nato;
Tunc cadis primùm,
Sed nundùm venis ad imum.

ART. 2.

Intereà miris
Angetur marchia diris;
Nàm domus Ottonum,
Fiet spelunca leonum;
Hic erit extrusus,
Vero de sanguine fusus;
Quandò peregrini,
Venient ad tecta Corinni;
Cerbereos fastus,
Mox tollet Cæsaris astus.

TRADUCTION DE LA PROPHETIE.

ART. 1.er

Maison de Leéhnin, je t'annonce ici avec exactitude et avec soin, ta destinée future, et cela vu la connoissance certaine, que m'en a donnée le Seigneur, qui a créé toutes choses.

Ainsi que le soleil, tu brilles maintenant d'un éclat admirable ; tu passes à présent ta vie entière dans des œuvres de grande piété, et tu as en abondance de quoi vivre commodément et paisiblement ; mais enfin un tems viendra où tu ne te verras plus la même. Tu seras réduite à peu de choses ; ou pour mieux dire, tu ne seras plus rien du tout.

La famille des Ottons, qui t'a fondée, conservera toujours de l'amitié pour toi. Mais aussitôt que cette famille viendra à tomber, tu tomberas aussi ; et tu cesseras d'être une mère aimable. Alors sans tarder, viendra sur toi le moment d'une grande désolation. Quand la famille d'Otton, qui maintenant règne sur notre pays, s'éteindra entièrement, sans laisser aucun enfant mâle pour succéder, tu commenceras pour lors à tomber, mais, pourtant ta chute alors ne sera pas si profonde, qu'elle t'entraîne dans l'abime d'une entière destruction.

ART. 2.

Quand cela arrivera, de grands troubles s'éleveront dans le marquisat. Car un Prince, issu réellement du sang des Ottons, sera exclu de l'héritage de ses pères, et le palais des Ottons deviendra la caverne des lions. Quand des étrangers viendront habiter dans le monastère de Corinn, alors la politique rusée de l'Empereur fera paroître au grand jour son infernale ambition.

A 4

Art. 3.

Sed parùm tuto
Gaudebit marchia scuto;
Regalis rursùm,
Leo tendit ad æthera sursùm;
Nec dominos veros,
Hæc terra videbit et heros;
Omnia turbabunt
Rectores, damna que dabunt;
Nobilitas dives
Vexabit undique cives;
Raptabit clerum,
Nullo discrimine rerum;
Et facient isti,
Quod factum tempore Christi;
Corpora multorum
Vendentur, contrà decorum.

Art. 4;

Ne penitùs desit
Tibi qui, mea marchia, præsit;
Ex humili surgis,
Binis nunc inclite burgis;
Accendis que facem,
Jactando nomine pacem;
Dùm que lupos necas,
Ovibus præcordia secas.
Dico tibi verum;
Tua stirps longæva dierum;
Imperiis parvis,
Patriis dominabitur arvis;
Donec prostrati,
Qui tunc nimis honorati;
Urbes vastabunt,
Dominos regnare vetabunt.

Art. 5.

Succedit patri,
Tollens privilegia fratri;
Et faciet bustum
Non Justum credere justum,

ART. 3.

Mais hélas ! le marquisat ne jouira pas long-temps de son nouveau défenseur, le lion royal quittera la terre pour s'en retourner dans le Ciel. Alors ce pays-ci ne verra plus regner sur lui de vrais Seigneurs, ni de véritables maîtres. Il ne verra que des administrateurs négligens ou intéressés qui troubleront tout, et causeront les plus grands maux. La noblesse riche tourmentera par-tout les foibles citoyens. Ces nobles injustes feront alors ce qui s'est fait autrefois, vers le tems de Jesus-Christ, ils persécuteront le clergé, sans aucun égard pour sa dignité; et un grand nombre de personnes, contre toute décence, seront vendus publiquement comme esclaves.

ART. 4.

Afin que le marquisat ne reste point tout-à-fait sans chef, tu t'éleves d'une condition humble et médiocre, à la dignité d'Electeur, ô toi, qui par cette élévation, te vois possesseur illustre de deux bourgs. Quoique ton nom semble promettre la paix, tu allumes cependant le flambeau de la guerre; mais en voulant tuer les loups, tu éventres tes propres brébis. Je vais te dire à toi ta véritable destinée. Ta race durera long-temps. Elle gouvernera modestement le petit territoire qu'elle aura reçu de toi, jusqu'à ce que soient humiliés par une grande défaite, ceux qui dans ce tems-là trop considérés, ravageront les Villes, et empêcheront de régner les légitimes Souverains.

ART. 5.

Le Fils qui succédera à ce Père, usurpera pour régner les privilèges de son frère. Il mourra, sans qu'il soit juste de croire qu'il a mérité sa mort; ou que sa mort fut sainte.

Defessus bellis
Varüs, sortis que procellis.

Art. 6.

Mox frater sortis,
Succedet tempore mortis;
Fortis et ille quidèm,
Sed vir vanissimus idem;
Dùm cogitat montem,
Vix potest scandere pontem.
En acuit enses,
Miseri vos, ô lehnienses;
Quid curet fratres,
Dùm vult extinguere patres?

Art. 7.

Alter ab hoc martem
Scit ludificare per artem;
Auspicium natis
Hic præbet felicitatis;
Quod dùm servatur,
Ingens fortuna paratur.

Art. 8.

Sequentis nati
Sunt pari sorte beati;
Inferet at tristem
Patriæ tunc fœmina pestem;
Fœmina serpentis
Tabo confecta recentis;
Hoc ad undenum
Durabit stemma venenum.

Art. 9.

Et tunc is prodit,
Qui te, Lehnin, nimis odit;
Dividit, ut culter,
Atheus, scortator, adulter;
Ecclesiam vastat,
Bona relligiosa subhastat;
Ito, meus populus,
Protector est tibi nullus;
Hora donec veniat,
Quâ restitutio fiat.

Il mourra, fatigué de guerres différentes qu'il aura soutenues, et des revers de fortune, qu'il aura essuyés.

Art. 6.

Après sa mort, lui succédera un frère, qui lui sera égal en bonheur. Celui-ci sera courageux, à la vérité, mais en même tems il sera très-orgueilleux. Lorsqu'il aura la pensée de franchir les montagnes, il se verra presque arrêté par un pont. O religieux de Lehnin, je vous plains ; voilà qu'il aiguise les épées contre vous. Quelle pitié auroit-il, pour de simples frères, lui qui veut exterminer les pères ?

Art. 7.

Le suivant, par son habilité, aura l'art de détourner de ses états les fléaux de la guerre. Il donnera à ses enfans des principes tendans à leur félicité. Tant qu'ils les suivront, ils auront l'espoir de parvenir à une haute fortune.

Art. 8.

Le suivant aura des fils qui auront le bonheur d'être élevés à une même dignité, mais sa femme alors introduira dans le marquisat, sa patrie, une peste déplorable. Cette femme se sera laissée infecter du venin d'un serpent nouveau. Ce poison durera jusqu'à la onzième génération.

Art. 9.

A la suite, enfin, paroîtra l'homme qui te haït souverainement, ô maison de Lehnin. Il te mettra en pièces, comme un glaive tranchant. Ce sera un athée, un impudique, un adultère. Il ravagera l'Église ; et vendra tous les biens religieux à l'encan. Allez, mon peuple, allez ; vous n'aurez plus de protecteur désormais, jusqu'à ce que vienne l'heure, où se fera un heureux rétablissement.

ART. 10.

Filius amentis
Probat instituta parentis;
Insipiens totus,
Tamen audit vulgò devotus;
Nec sat severus;
Hinc dicitur optimus herus;
Huic datur ex genere,
Qui non qualis ipse, videre.

ART. 11.

Anno funesto,
Vitam hic loco claudet honesto.

ART. 12.

Postulat hunc turbæ,
Præponi natus in urbe;
Spe cæteri, nobilem
Tenet in formidine prolem;
Quod timet obscurum,
Tamen erit certè futurum;
Forma rerum nova,
Mox fit, patiente Jehóvâ;
Mille scatet nævis,
Fides, doctrina que levis;
Multa per edictum,
Sed turbat plura per ictum;
Quæ tamen in pejus,
Mutantur jussibus ejus;
In melius fato,
Converti posse putato.

ART. 13.

Post patrem, natus
Est princeps marchionatûs;
Ingenio multos
Non vivere sinit inultos.
Dùm nimiùm credit,
Miserum pecus lupus edit.

Art. 10.

Le Fils qui succédera à ce Père insensé approuvera toutes les institutions. Quoique totalement extravagant, il aura pourtant, parmi le peuple, la réputation d'un Prince religieux. Comme il n'usera pas d'une sévérité suffisante envers les coupables, on dira de lui qu'il est un excellent maître. Ce Prince aura l'avantage de voir, en son Fils, un homme, qui ne sera pas tel que lui.

Art. 11.

Ce Fils, dans une année funeste, terminera sa carrière dans un lieu fort honnête.

Art. 12.

Le suivant sera sollicité par son Fils, pour être mis à la tête de la bourgeoisie de la Ville. Mais par l'espoir d'avoir le tout qu'il désire, il tiendra ce Fils chéri, dans le danger de périr. Cependant le mal qu'il craint, seulement comme possible, arrivera certainement. Bientôt après, paroîtra dans le marquisat, sans que Dieu s'y oppose, un nouvel ordre de choses, quant à la religion. La doctrine et la croyance mal fondée qu'on proposera, fourmillera de défauts. Le Prince, pour la faire recevoir, fera des édits rigoureux; employera les coups et les châtimens; mais tout cela ne sera que troubler, et changer les choses en pis. Il faut espérer que la providence, un jour, pourra changer les choses en mieux.

Art. 13.

Après ce Père, le Fils sera chef du marquisat. Son esprit équitable et droit ne laissera pas vivre sans châtiment quantité de personnes coupables. La confiance excessive, qu'il aura eue, sera cause que les loups dévoreront son malheureux troupeau.

Art. 14.

Exequitur servus
Domini, mox fata, protervus.

Art. 15.

Tunc venient quibus,
De burgis nomina tribus;
Et crescit latus
Sub utroque principe status;
Securitas gentis
Est vis utriusque regentis;
Sed nil juvabit
Prudentia, quandò cubabit.

Art. 16.

Qui successor erit,
Patris haud vestigia terit;
Fallit in hoc nomen,
Læti regiminis omen.
Orate, frates;
Lacrimis nec parcite, matres;
Nil superest boni,
Veteres migrate coloni;
Mox status extinctus,
Foris quassatus, et intus;
Nam Juvenis fremit;
Dùm magna puerpera gemit.
At quis turbatum,
Poterit reducere statum?
Vexillum tanget,
Sed fata crudelia planget;
Flantibus hic austris,
Vitam vult credere claustris.

Art. 17.

Qui sequitur, pravos
Imitatur pessimus avos;
Non robur menti,
Non adsunt numina genti,
Cujus opem petit;
Hic semper non sibi stetit;
Et perit in undis,
Qui miscuit ima profondis.

ART. 14

Le suivant, mauvais serviteur de Dieu, remplira, peu après, sa destinée.

ART. 15.

Après lui, viendront ceux qui ont le titre de Seigneurs de trois bourgs. Sous ces deux Princes, l'état s'accroîtra considérablement. La sécurité de la Nation sera l'effet de leur bon gouvernement. Mais leur prudence enfin ne servira de rien pour l'état, quand, avec eux, elle sera couchée dans le tombeau.

ART. 16.

Le successeur ne marchera pas sur les traces de son Père. Il porte un nom, qui présage un gouvernement heureux et tranquille. Mais en lui ce nom est trompeur. O mes frères ! élevez vers Dieu vos prières ; et vous, Mères, n'épargnez pas vos larmes. Hélas ! il n'est plus rien de bon à espérer. Anciens habitants du pays, prennez le parti de fuir et de vous émigrer. Car l'état, ébranlé par des troubles intérieurs et extérieurs, est sur le point de prendre fin. Le Fils de Marie frémit de colère, tandis que sa sainte Mère est dans les gémissemens; et qui pourra remédier au trouble de l'Etat ?

Le Prince dont je parle, lévera l'étendart de ce grand trouble ; mais à peine l'aura-t-il touché qu'il en déplorera les suites cruelles. Quand les vents orageux commenceront à souffler, il aura la pensée de confier sa vie à l'obscurité des cloîtres.

ART. 17.

Le suivant imitera ses mauvais ancêtres, et sera encore pire qu'eux. Il n'aura pas grande force d'esprit. La Nation avec laquelle il fera alliance sera une Nation sans Dieu, contraire à lui-même, il manquera pour cela à ses engagemens ; et enfin il périra dans les eaux, après avoir causé les plus grands troubles.

Art. 18.

Natus florebit,
Quod non sperasset, habebit;
Sed populus tristis
Erit temporibus istis.

Art. 19.

Israël infandum ,
Scelus audet, morte piandum.

Art. 20.

Tum Pastor gregem
Recipit, germania legem;
Marchia cunctorum,
Penitùs oblita malorum;
Ipsa suos audet
Fovere, nec advena gaudet;
Prisca que Lehnini,
Florent, et tecta Corinni;
Et veteri more,
Clerus splendescit honore;
Nec lupus nobili
Plus insidiatur ovili.

Art. 18.

Le Fils du Précédent deviendra florissant, il aura même ce qu'il n'ôsoit espérer. Mais le peuple, en ce tems-là, sera dans la désolation.

Art. 19.

Alors Israël osera commettre un crime affreux qui sera puni par sa destruction.

Art. 20.

Après cela le Pasteur récupérera son troupeau. L'Allemagne recevra de nouvelles loix. Le marquisat, oubliant enfin tous ses maux, osera favoriser ouvertement ses bons citoyens; et l'étranger ne se réjouira plus de ses succès. Les maisons de Léhnin et de Corinn fleuriront comme à l'ancien tems. Le Clergé, comme jadis, sera brillant de gloire; et pour lors il n'y aura plus de loups, pour insulter au bercail chéri du Seigneur.

S U I V E N T

des Notes sur chacun de ces articles, non seulement pour expliquer quelques points de la Prophétie qui sont obscurs, mais sur-tout pour en montrer la véracité, par sa conformité entière avec l'histoire du Brandebourg, écrite il y a peu de tems par le frère du Roi de Prusse Frideric-le-Grand.

B

NOTE SUR L'ART. 1.er

La maison de Léhnin, à qui le Prophête adresse ici la parole pour lui annoncer de la part de Dieu sa destinée future, étoit autrefois une abbaye riche et célèbre, située dans le marquisat de Brandebourg, mais qui depuis la réforme de Luther introduite dans ce pays, a été ruinée, et changée en une maison de chasse, pour les plaisirs du Roi. Elle fut fondée l'an 1180, par Otton 1.er électeur de l'empire, et Prince d'Analt, qui, comme ses Successeurs issus de son sang, y fut enterré. Les Princes Successeurs d'Otton 1.er

Sont Otton 2., qui mourut l'an 1206.

Albert 1.er, qui mourut l'an 1222.

Jean 1.er, qui mourut l'an 1253. Et qui avoit fondé la maison de Corinn, dont il est parlé quelquefois dans présente Prophétie.

Otton 3., qui mourut l'an 1267. C'est sous son règne que ladite Prophétie fut faite.

Jean 2., qui mourut l'an 1287.

Conrad, qui mourut l'an 1304.

Jean 3., qui mourut l'an 1305.

Valdemar, qui mourut l'an 1319. Et ne laissa point d'enfant mâle pour lui succéder.

Tous ces Marquis favorisèrent en effet les religieux de Léhnin, ainsi que ceux de Corinn, qui étoient pareillement de l'ordre de Citaux. Mais après la mort de Valdemar, qui fut le dernier électeur de la famille d'Otton, les maisons de Léhnin et de Corinn, perdirent beaucoup de leur splendeur, parce qu'elles ne furent pas également favorisées. C'est-là ce que dit l'histoire, bien conforme en cela, comme en tout le reste, à la Prophétie.

NOTE SUR L'ART. 2.

L'Histoire dit qu'après la mort de Valdemar, mort sans enfant mâle, le Marquisat de Brandebourg fut en effet en proie à de grands troubles. Car il se présenta pour réclamer l'héritage, un Prince issu vraiment du sang des Ottons, mais d'une branche collatérale au dernier mort, savoir: Valdemar 2. Mais par l'effet des intrigues ambitieuses de l'Empereur Louis de Bavière, qui se trouvoit plus puissant, ce Valdemar 2 fut exclus de l'héritage, et le palais des Ottons devint, conformément à la Prophétie, la caverne des lions. Car par le mot de lions, entendez l'Empereur Louis et son Fils

Louis, qui s'emparèrent de l'héritage susdit. Ces deux Princes sont appelés ainsi, soit parce que la Bavière porte un lion pour armoiries, soit parce que le mot Louis, en allemand Löwig, veut dire lion; et que d'ailleurs cette usurpation faite ainsi par la force, étoit le partage du lion. Or remarquez que cette usurpation arriva, comme l'avoit dit la Prophétie, lorsque des étrangers, vinrent s'établir dans la maison de Corinn. Ces étrangers selon l'histoire du pays, sont des chanoines réguliers de Saint-Augustin, que Jean de Kulembach administrateur du Marquisat pendant ces troubles, avoit amenés avec lui, et que faute de maison bâtie pour eux, il logea dans ce monastère, avec les religieux de Citaux. Il y eut encore, dans ce tems-là, de grands troubles dans le Brandebourg, pour d'autres causes; troubles qui durèrent jusqu'en 1336. Car alors Francfort sur l'Oder, Capitale du pays, souffrit un interdit, lancé par le Souverain Pontife. Alors aussi les Templiers, qui étoient très-puissans dans la Prusse, furent tués tous en une seule nuit. Par-là on voit que, dans cet article, il ne manque rien pour l'accomplissement de la Prophétie, qui annonçoit des troubles étonnans dans ce pays.

NOTE SUR L'ART. 3.

Ce nouveau défenseur du Marquisat, appellé le lion Royal, est comme j'ai dit ci-dessus, le jeune Louis, Fils de l'Empereur Louis de Bavière, qui le lui avoit donné en fief. Ce jeune Prince, de grande espérance, ne fut pas long-temps chef du Marquisat, car il mourut peu après, sans laisser de postérité; et comme il mourut d'une manière très-chrétienne, en odeur même de de sainteté, il est à croire que son ame ne quitta la terre, que pour s'envoler vers le Ciel, ainsi que le dit la Prophétie. Depuis ce moment le pays, pendant long-temps, ne vit plus aucun de ses vrais maîtres, ou plu-tôt il n'en eut plus. Car Jean de Kulembach fut con-tinué par l'Empereur comme administrateur du Mar-quisat, pendant la minorité d'Otton, frère du jeune Louis, qui venoit de mourir. Cet Otton, après la mort de l'Empereur son Père, vendit le Marquisat à l'Em-pereur Charles 4, dont il avoit épousé la fille; Charles 4, le donna en fief à Sigismond son Fils, lequel étant devenu Empereur, et se trouvant épuisé d'argent par l'effet des guerres qu'il eut à soutenir, le revendit à Jodoc son oncle; Jodoc ne voulant pas résider dans le Marquisat,

et préférant de rester à la cour de l'Empereur, le revendit à Guillaume de Thuringe l'an 1390, qui le recéda
ensuite à l'Empereur. Or pendant tout le tems de ces
ventes et reventes, n'est-il pas juste de dire que le
Marquisat ne vit plus pendant long-temps de vrais
maîtres? Il ne vit plus en effet que des administrateurs
négligens ou corrompus, qui favoriserent la riche noblesse,
et lui laisserent impunément piller, vexer, maltraiter le
foible citoyen, sans épargner les Eglises et les monastères.
L'histoire dit, qu'un noble nommé Quison, avec plusieurs de son parti, ravagea cruellement le pays, et pilla
les maisons religieuses, depuis 1398, jusqu'en 1401.
Ainsi se vérifia bien tout cet article de la Prophétie.

NOTE SUR L'ART. 4.

Après cette espèce d'Anarchie, décrite ci-dessus,
l'homme, qui fut élevé à la dignité électorale, est Frideric
1.er, souche de la famille régnante sur la Prusse. Il étoit
d'abord simple Burgrave de Nurembourg, auquel titre
joignant celui de Marquis de Brandebourg, dont l'Empereur le décora, l'an 1416, il sortit, comme l'avoit dit
la Prophétie, d'une condition médiocre, pour devenir
Prince et possesseur de deux bourgs. Le nom de Frideric
que ce Prince portoit, sembloit promettre la paix,
comme dit la Prophétie; car *Fridreich* en allemand veut
dire pacifique; cependant il aima la guerre. Il la fit en
particulier, mais avec perte et grand dommage pour
ses sujets, contre les Hussites, hérétiques belliqueux de ce
tems-là; c'est pourquoi la Prophétie dit très-bien qu'en
voulant tuer ces espèces de loups, il éventreroit ses
propres brébis. En tout cela l'accomplissement de la
Prophétie fut admirable. La race de ce Friderich, dont
le Prophète annonce ici la destinée d'une manière générale, dure en effet depuis long-temps, savoir : depuis
1416, ce qui fait déjà plus de 400 ans de durée; et il
n'y a pas long-tems que leur petit territoire s'est agrandi.
Son accroissement, considérable aujourd'hui, s'est fait
après la fameuse bataille de Vaterlo, où l'on vit bien
humiliés et abattus ces hommes fameux et respectés à
l'excès, qui ravageoient les Villes, et déposoient les
Rois légitimes, comme il étoit prédit par la Prophétie.

Les enfans et successeurs de ce Friderich 1.er, dont
il sera parlé par la suite, sont au nombre quinze, savoir:

FRIDERIC 2 . . . . qui fils du précédent, lui succéda l'an 1440.
ALBERT . . . . qui frère du précédent, lui succéda l'an 1470.
JEAN . . . . qui fils du précédent, lui succéda l'an 1486.

JOACHIM 1......... qui fils du précédent, lui succéda l'an 1499.
JOACHIM 2......... qui fils du précédent, lui succéda l'an 1535.
JEAN GEORGE .... qui fils du précédent, lui succéda l'an 1571.
JOACHIM FRIDERIC.... qui fils du précédent, lui succéda l'an 1598.
JEAN SIGISMOND..... qui fils du précédent, lui succéda l'an 1608.
GEORGE WILLAUME... qui fils du précédent, lui succéda l'an 1619.
FRIDERIC WILLAUME ... qui fils du précédent, lui succéda l'an 1640.
FRIDERIC 1.er .... qui fils du précédent, lui succéda l'an 1688.
FRIDERICH WILLAUME . qui fils du précédent, lui succéda l'an 1715.
FRIDERICH 2. dit le G.d.. qui fils du précédent, lui succéda l'an 1740.
FRIDERICH WILLAUME . qui succéda au précédent, l'an 1790.
WILLAUME......... qui fils du précédent règne actuellement.

NOTE SUR L'ART. 5.

FRIDERICH 2. fils du précédent, selon l'ordre, doit être ici désigné par la Prophétie. Voyons si ce qu'elle en dit lui convient. L'histoire dit que, de trois fils qu'eut le précédent, l'aîné, nommé JEAN, qui de droit devoit succéder à son père, ne regna pas ; parce que, dit-elle, étant passionné pour l'étude de la Philosophie, il préféra son repos aux soins du Gouvernement. Ce fut donc son frère cadet, qui à son refus de réguer, monta sur le Trône ; et ce cadet étoit Frideric 2. N'est il pas étonnant qu'une circonstance aussi extraordinaire se trouve réellement prédite, par ces mots de la Prophétie. *Succedit patri, tollens privilegia fratri.* Il est vrai que la Prophétie semble parler d'une usurpation de privilège, tandis que selon l'histoire, ce fut de la part de Jean une cession volontaire. Mais il est possible que l'histoire, en cela, ne soit pas entièrement véridique, et que par respect pour le Prince régnant, on ait voulu voiler son usurpation, qui n'étoit pas honorable pour lui, en se permettant ce mensonge officieux : quoiqu'il en soit, chose étonnante en ce qu'elle étoit prédite, c'est que le cadet regna en effet, à la place du fils aîné, ce qui ne se voit guère, sans quelque injustice. Mais ce cadet paroît pourtant justifié, par la Prophétie, de toute usurpation, en ce qu'il est dit que sa mort ne fut pas méritée. Car devant Dieu, il auroit mérité ce châtiment, s'il eut été vraiment un usurpateur. Il mourut, dit l'histoire, ainsi que la Prophétie, fatigué de guerres, et de revers de fortune ; car il eut plusieurs guerres malheureuses à soutenir, tant contre la Pologne, que contre la Bohème.

NOTE SUR L'ART. 6.

ALBERT, selon l'ordre des électeurs, est ici désigné : d'ailleurs son histoire est conforme à la Prophétie, car selon l'histoire, ce Prince qui étoit le plus jeune des

trois frères, eut le même bonheur que le précédent, et
et monta sur le trône à la place de l'aîné qui vivoit
encore; quoi de plus étonnant que l'accomplissement
d'une telle prédiction? le reste l'est également; car comme
il étoit prédit, ce Prince fut véritablement courageux,
au point qu'on l'appella l'Achille de la Germanie; mais
en même-tems il fut très-orgueilleux; car il eut toujours
des querelles avec le clergé, dont il méprisoit l'autorité,
et même avec le Pape qui, pour son opiniâtreté, finit
par l'excommunier. Outré de cet affront, et voulant
s'en venger d'une manière éclatante, il eut la pensée
de franchir les Alpes, avec une armée, pour aller à
Rome égorger le Pape et les Cardinaux; mais, dans le
tems-même qu'il avoit cette pensée, il fut en effet arrêté par un pont, qu'il eut peine à franchir. Ce pont
étoit le pont-levis du Monastère de Léhnin, que les
réligieux, voyant approcher d'eux ce Prince excommunié,
avoient levé, pour ne point communiquer avec lui.
Delà cette colère d'Albert contre les religieux de Léhnin,
qu'il menaça d'exterminer sans pitié, dit la Prophétie.
En effet quelle pitié pouvoit avoir ce Prince pour des
frères, pour de simples religieux, lui, qui vouloit exterminer les pères de l'Église, savoir le Pape et les cardinaux.
Quoi de plus admirable et de plus exact que l'accomplissement de cet article?

NOTE SUR L'ART. 7.

L'électeur JEAN, fils du précédent, qui pour son éloquence fut surnommé le Cicéron de la Germanie, est
sûrement dépeint dans cet article. En effet, selon l'histoire, par le moyen de cette éloquence, il sut détourner
de ses états les guerres dont il étoit ménacé. Voyant
les Bohémiens prêts à lui faire des hostilités, dit son
histoire, il alla lui-même, comme ambassadeur, se pré-
senter devant le Roi Wladislas, et pérora si bien qu'il
lui persuada de rester en paix avec lui. Ce Prince, ami
des beaux arts, fut le premier qui les introduisit dans
le Brandebourg. Il fonda même une académie à Franc-
fort-sur l'Oder, pour y instruire les enfans des nobles;
et il est à croire qu'il donna à ses propres enfans une
éducation propre à faire un jour leur bonheur; il ne
manque donc rien à l'accomplissement de cet article de
la Prophétie.

NOTE SUR L'ART. 8.

JOACHIM 1.er, fils du précédent, est sans aucun doute celui dont il est ici question. La Prophétie à son égard s'accorde bien avec l'histoire. Il est dit que cet électeur auroit des fils, qui seroient élevés l'un et l'autre à une même dignité, et en effet selon l'histoire, il en eut deux, savoir: Joachim 2. et Albert, lesquels devinrent également électeurs; celui-ci fut électeur de Mayence, et le premier comme aîné, fut électeur de Brandebourg après son père, rien de plus concordant : il est dit en outre, qu'une femme infectée du venin d'un serpent nouveau, apporteroit cette peste dans le Brandebourg, sa patrie. En supposant, comme font avec droit les Catholiques, que ce serpent nouveau est Luther, qui pour lors avoit commencé à dogmatiser, l'on voit cette Prophétie parfaitement accomplie dans la personne d'Elisabeth, fille du Roi de Danemarck, que Joachim 1.er avoit épousée. Cette femme étoit infatuée de la doctrine de Luther, et ayant apporté avec elle ce venin dans le Brandebourg, elle en infecta d'abord ce pays; surtout en élevant secretement Joachim 2. son fils aîné, dans ces fausses opinions contraires à la croyance de l'Eglise Catholique. L'article suivant, où l'on voit Joachim 2. déchaîné contre l'Eglise, en conséquence des instructions de sa mère, prouve que mon interprétation est véritable, et qu'ainsi l'histoire est parfaitement d'accord avec cet article de la Prophetie; espérons que cette hérésie de Luther est près de sa fin; car il est dit que ce venin ne doit durer que jusqu'à la 11.e génération, et nous y voici arrivés; car le Roi de Prusse actuel est le 11.e petit fils de cette femme.

NOTE SUR L'ART. 9.

JOACHIM 2. fils du précédent, est visiblement ici désigné; ce Prince perverti dès l'enfance par sa mère Elisabeth, fut vraiment tel qu'il est décrit dans cet article de la Prophétie. Ennemi déclaré de l'Eglise; il supprima tous les Monastères, en particulier celui de Léhnin; aussitôt qu'il se vit électeur, après la mort de son père, vers l'an 1535, il confisca tous les biens des religieux, qu'il chassa, et persécuta sans pitié; fit vendre à l'encan tous ces biens confisqués, ainsi que toutes les richesses des Eglises; et força ses sujets à adopter ses nouvelles opinions, par toutes sortes de mauvais traitemens. C'étoit d'ailleurs, dit l'histoire, un Prince libertin, sans mœurs, et sans religion , qui se faisoit une gloire de corrompre les femmes les plus honnêtes. Ainsi se vérifia bien l'article présent de la Prophétie, qui concerne ce Prince, auteur du Luthérianisme en Prusse. Mais selon le Prophête, viendra un jour, et le jour approche, où se fera voir un glorieux rétablissement de la religion catholique en Prusse, où elle est demeurée depuis ce tems-là sans protecteur, dans la plus grande désolation. Puissions nous vivre encore pour lors, afin de voir ce rétablissement admirable, annoncé par un oracle aussi véridique.

NOTE SUR L'ART. 10.

JEAN GEORGE, fils du précédent, selon l'ordre des électeurs, doit être ici désigné. Voyons si ce que la Prophétie en dit s'accorde avec l'histoire. Ce Prince enthousiasmé de la prétendue réforme, approuva et confirma en effet tout ce que son père avoit établi, concernant la religion. L'histoire dit, qu'il passa pour un Prince réligieux, dans l'esprit du peuple, parce qu'il fit des réglemens, pour corriger des abus introduits par tant de nouveautés. Croyant à propos de rappeller par la douceur ses sujets, que le règne précédent avoit effrayés, il n'usa d'aucune sévérité, pour réprimer les actions les plus licencieuses. C'est pourquoi on le surnomma le bon Prince, tout cela conformément à la Prophétie. Mais cette Prophétie dit, encore que cet électeur verroit un fils qui ne seroit pas tel que lui. Cela s'est il vérifié? Parfaitement; car son fils fut catholique, tandis que lui, il étoit un zélé Luthérien. Ce fils, pour cette raison, plut à l'Empereur qui lui donna l'Évêché de Magdebourg. Mais cet Évêque, peu ferme dans sa foi, apostasia ensuite, par passion pour une femme qu'il épousa. Puis il devint électeur de Brandebourg, après la mort de son père.

NOTE SUR L'ART. 11.

JOACHIM FRICDERIC, cet Evêque renégat, fils du précédent, est sûrement ici désigné. Or conformément à ce qu'avoit dit de lui la Prophétie, ce Prince, dit l'histoire, mourut en effet dans un lieu fort honnête; car il mourut dans son carosse, en allant de Kopevick à Berlin; et notez que ce fut dans une année qui fut funeste à plusieurs grands. Peut-on sans surprise voir un accomplissement aussi exact dans des points qui paroissent aussi minutieux?

NOTE SUR L'ART. 12.

JEAN SIGISMOND, fils du précédent, doit selon l'ordre des choses, être ici désigné. La Prophétie sur son conte entre dans un détail, que l'histoire éclaircit parfaitement. Cet électeur avoit un fils unique, savoir : George Willaume qui faisoit tout son espoir. Ce fils ne demandoit qu'à rester dans la Ville Capitale avec son père. Mais le Duché de Clèves vint à vaquer par la mort du Duc dont il étoit le gendre, ayant épousé sa fille aînée, tandis que le Prince de Neubourg avoit épousé la cadette. Comme ce Duc en mourant ne laissoit point d'enfant mâle pour hériter ses biens, l'héritage étoit dévolu à ces deux filles. Mais l'électeur qui avoit épousé l'aînée, prétendit, à ce titre, avoir seul droit à l'héritage sans être obligé de partager avec le Prince de Neubourg. Dans cet espoir d'obtenir le tout qu'il désiroit, il envoya son fils à Clèves pour y soutenir ses prétentions contre son rival. Mais en l'y envoyant, le mit vraiment dans le danger de périr. Car le Prince de Neubourg ne voulant céder rien de ses droits, et prétendant avoir part à l'héritage, le jeune fils de l'électeur dans le feu de la dispute, s'emporta jusqu'à lui donner un soufflet, affront qu'il eut payé sûrement de son sang, si on ne se fut empressé d'appaiser le Prince ainsi outragé. La réconciliation se fit, à la vérité; mais ce fut à condition que le partage auroit lieu, ainsi que l'avoit prédit la Prophétie, par ces mots, *quod timet obscurum, tamen erit certe futurum.*

Le nouvel ordre de choses, pire encore que le premier, dont parle cet article de la Prophétie, est indubitablement le calvinisme, que l'an 1614. Jean Sigismond voulut introduire par force dans ses états, à la place du Lutherianisme, qui y régnoit déjà depuis 80 ans. Cette nouvelle doctrine, qui blesse la vraie foi, encore plus que l'autre, causa en effet de grands troubles dans le Brandebourg, par les édits sévères et les châtimens que le Prince employoit pour la faire recevoir. Mais espérons que la divine providence voudra bien, un jour qui n'est plus éloigné, remédier à tout cela; puisque l'annonce ainsi cette admirable Prophétie.

NOTE SUR L'ART. 13.

GEORGE WILLAUME, fils du précédent, est sûrement ici désigné par la Prophétie, qui en effet lui est par-

faitement applicable. Cet électeur·eut un bon esprit,
porté pour la justice ét l'équité, il la rendit à ses sujets
et sur punir sévèrement les perturbateurs. Ce qui est
dit de sa confiance excessive, pernicieuse à son troupeau,
eut·lieu dans la guerre de religion qui exista entre
l'Allemagne et la Suède, Cette guerre où Gustave périt
après de grands exploits. George Willaume, pour mé-
nager ses sujets, s'étoit déclaré neutre en cette guerre,
et l'on avoit accepté sa neutralité. En conséquence de
la parole donnée par les puissances belligérantes, que
son territoire seroit respecté, il ne prit aucune précaution
pour garnir ses frontières. Il arriva . de-là, que son pays
fut écrasé. Car les armées belligérantes, contré foi du
traité, y entrerent l'une après l'autre, et ruinerent le
Marquisat par de fortes contributions; c'est ainsi que
s'accomplit la Prophétie, qui dit, que la confiance excessive de cet électeur seroit cause, que son malheureux
troupeau seroit dévoré par les loups. Il le fut en effet
comme il étoit prédit; quoi de plus étonnant?

Note sur l'Art. 14.

FRIDERICH WILLAUME, fils du précédent, est sûrement celui dont parle ici la Prophétie. Mais il en est
dit peu de chose, encore ce peu s'applique-t-il difficile-
ment à l'histoire de ce Prince. La Prophétie se contente
de l'appeler un mauvais serviteur de Dieu qui achevera le
cours de sa destinée. L'histoire ne dit pas ce qui a pu
lui mériter cette dénomination, si ce n'est peut-être
parce qu'il fut, et cela suffit devant Dieu, trop attaché
à l'erreur qu'avoient établie ses ayeux.

Note sur l'Art. 15.

Il est ici question des deux électeurs successifs, dont
le 1.er est sûrement FRIDERICH 1.er, fils du précédent,
et dont le 2.e est son propre fils FRIDERICH WILLAUME
qui lui succéda. L'histoire s'accorde bien avec la Prophétie sur les louanges données à ces deux électeurs:
le 1.er devint en effet Seigneur de trois bourgs, car
outre Nurembourg et Brandedourg que lui avoient
transmis ses ayeux, il devint maître aussi de Magdebourg,
dont il fit l'acquisition, et qu'il transmit à ses descendans. Il augmenta de plus ses états, d'un démembrement
de la Pologne, puis encore des Evêchés de Magdebourg,
d'Alberstadt et de Minden. Sous le 2.e la Prusse fut
érigée en royaume. Voilà donc, conformément à la
Prophétie, l'état du Brandebourg augmenté considéra-

blement sous ces deux Princes. De plus l'un et l'autre surent régner si sagement, que leurs sujets furent heureux, tranquilles et sûrs sous leur gouvernement. Mais il est dit dans la Prophétie, que leur sagesse ne servira de rien pour l'état, quand elle sera ensevelie avec eux dans le tombeau. Pourquoi? Parce que, sans doute, la plupart de leurs descendans n'imiteront pas cette sagesse.

NOTE SUR L'ART. 16.

Certainement, vu l'ordre des choses, il s'agit ici de Friderich 2. dit le grand, fils du précédent. Voyons si cet article de la Prophétie est parfaitement d'accord avec son histoire, laquelle est encore toute récente. Je sais qu'elle n'y paroît guères conforme, aux yeux de bien des gens, et c'est pour cela, sans doute que cette Prophétie, auparavant si respectée, à cause de son étonnante véracité, se trouve à présent si négligée, et si méprisée, de sorte qu'on n'y fait plus attention. Mais j'ose dire que si on la méprise, c'est qu'on a eu la mal-adresse de la mal interpréter, et de lui donner un sens ridicule et faux qu'elle n'a pas. D'abord il est dit qu'il porteroit un nom trompeur. En cela cette Prophétie est parfaitement juste; car ce nom de FRIDERICH qu'il portoit, lequel veut dire pacifique, sembloit présager de sa part un gouvernement paisible et tranquille; mais point du tout; ce Prince belliqueux ne respira que la guerre. Il la respira au point que, conjointement avec les Philosophes impies, Voltaire, d'Alambert, Diderot, etc. qu'il avoit rassemblés près de lui, et dont il étoit le chef et le coriphée, il avoit médité et comme entrepris de causer le plus grand trouble sur la terre, en renversant par tout les trônes et les autels. On sait très-bien que c'étoit-là le projet des Philosophes, amis intimes de Friderich; et Friderich entroit pour beaucoup dans ce projet désastreux. Voilà pourquoi le Prophète, allarmé de cette entreprise, invite les hommes et les femmes aux pleurs et aux gémissemens, les menaçant de la colère de Jesus-Christ qui, pour les punir de leurs péchés, veut employer la fureur de ces Philosophes impies, afin de ravager et bouleverser par eux bien des états. Hélas! ces impies n'ont déjà que trop fait voir leur malice et leur fureur, que la providence, sans doute, pour notre châtiment, semble avoir favorisée.

Le Roi Friderich, dont je parle, a comme levé l'étendart de ce trouble, en pressant ces Philosophes de mettre la main à l'exécution de ce grand projet. Mais

comme dit ici la Prophétie, à peine l'eut il touché,
qu'il en déplora les suites funestes ; et rempli d'effroi
à cette vue, il changea tout à coup de sentiment à
l'égard des Philosophes, il commença pour lors à les
détester. Voilà pourquoi il chassa, comme on sait,
ignominieusement de sa cour et de ses états, Voltaire,
d'Alambert, et autres avec lesquels il avoit été si inti-
mement uni. Et quand ces impies perturbateurs, comme des vents orageux, commencerent à souffler le
trouble, (Ce qui se fit lorsque par leurs calomnies ils
solliciterent et procurerent l'extinction des Jésuites ; car
ils voulurent abattre ces colonnes, avant de frapper à ruine
l'édifice) le Roi de Prusse alors, dit la Prophétie, eut
la pensée de confier sa vie à l'obscurité des cloîtres.
C'est-à-dire sans doute, qu'il eut la pensée de vivre
avec ces bons réligieux, qu'il estimoit infiniment pour
leurs talens et leur régularité, au point que, malgré
leur abolition générale, il voulut absolument les con-
server dans ses états, jouir même fréquemment de leur
entretien et de leur familiarité. A-t-il eu la pensée plus
formelle de vivre dans le cloître, en renonçant au trône?
cela est possible, mais on ne peut le savoir : il n'y a
que Dieu qui puisse connoître les secretes pensées du
cœur. Qui ne voit, par le moyen de cette explication
simple et naturelle, qu'en cet article même, qui paroissoit
si obscur, la Prophétie a été merveilleusement accomplie? mais le trouble de la Prusse doit encor être attendu.

NOTE SUR L'ART. 17.

FRIDERIC WILLAUME, successeur de Frideric le
grand, lequel vint en Champagne à la tête d'une armée,
au commencement de la révolution françoise, est évi-
demment celui dont il est parlé dans cet article. Il
s'agit donc ici de choses récentes, et chacun peut voir aisé-
ment si la Prophétie, rélativement à lui, dit l'exacte vérité.
N'a-t-il pas d'abord manqué de parole à ses alliés? N'a-
t-il pas fait secretement alliance avec la France ? Et la
France alors, par ses principes impies, n'étoit-elle pas
une nation sans Dieu ? Par cette alliance inattendue,
n'a-t-il pas causé le plus grand trouble, parmi les puissances coalisées ? Et puisqu'il est mort enfin d'hydropisie,
n'est-il pas juste de dire, qu'il a péri dans les eaux ?
Que peut-on désirer de plus exact et de plus parfait
qu'un pareil accomplissement?

NOTE SUR L'ART. 18.

FRICDERIC WILLAUME, fils du précédent, et actuellement sur le trône, est indubitablement celui dont il est ici question, l'ordre des choses le démontre, et d'ailleurs ce qui en est dit s'accorde avec ce que nous lui voyons arrivé depuis peu. Il est dit qu'il fleurira, et ne le voyons-nous pas dans l'état le plus florissant? Il est dit qu'il aura ce qu'il n'ôsoit même espérer; en effet, après avoir été réduit presque à rien, ne voit-il pas, par l'effet de la libéralité du congré, les frontières de ses états, toucher maintenant à la France, dont auparavant elles se trouvoient si éloignées? N'est il pas maintenant un Souverain riche et puissant? Mais malgré cela, le Peuple, par l'effet des guerres, et de la famine, qui vient de régner, se trouve, ainsi que l'avoit annoncé la Prophétie, dans la tristesse, et dans la désolation. Que manque-t-il donc à l'accomplissement de cet article?

Il est donc certain, par tout ce que je viens de dire, que la présente Prophétie a été exactement accomplie dans tous ses points et dans son entier, depuis son origine, jusqu'à présent; que par conséquent elle est véritab. divine; car il n'y a que Dieu seul qui pouvoit prévoir certainement, et prédire avec vérité, ordre et clarté, tant de faits différents, cachés tous dans un avenir aussi reculé.

Mais si cette Prophétie, comme on n'en peut douter, est vraiment divine, il faut la croire véridique en ce qui reste encore à s'accomplir; et ce qui reste encore à s'accomplir est bien le plus important; on doit même penser que la véracité qu'a eu jusqu'à présent cette Prophétie, en des faits souvent minutieux, n'est que pour nous prouver que Dieu même a parlé, et qu'ainsi l'on doit s'attendre à l'accomplissement du reste de la Prophétie; comme à l'événement principal, que l'on a le plus grand intérêt de connoître, avec certitude. Cet événement principal, encore futur, mais qui semble être très-prochain, puisque tout ce qui précéde dans la Prophétie, en est comme un amas de signes préliminaires, c'est une horrible punition d'Israël, pour un crime affreux qu'il ôsera commettre. Comme cet article est encore futur, je n'entreprendrai pas d'en donner l'explication. Je laisse le lecteur à ses propres réfléxions la dessus. Mais quelque soit cet Israël, qui se trouve menacé, il paroît certain qu'en évitant le crime, il évitera le châtiment. C'est un avis qu'il est utile, et même important de recevoir. Observez que si cet Israël tombe, un rétablissement glorieux ne tardera pas à paroître selon la Prophétie. Alors régnera un pasteur aimable. *Sed quis erit hic pastor?* Jer. 19. 19. C'est ce que je réserve à dire au Pape seul.

11